# La Bella Durmiente

Hace mucho, mucho tiempo, en un lejano país vivían un rey y su esposa que, después de muchos años de espera, vieron sus deseos hechos realidad: tuvieron una hija.

Era una niña preciosa y sus padres estaban muy orgullosos de ella. Hicieron un lujoso bautizo al que invitaron a los monarcas de los reinos vecinos. Eligieron como madrinas de la linda princesita a todas las hadas del país. ¡Nada más y nada menos que siete hadas!

Después del bautizo, cada una de ellas concedió un don como regalo a la princesita.

La primera, el don de ser la persona más bella del mundo; la segunda, el de ser tan buena como los ángeles; la tercera, el de ser una persona con gracia; la cuarta, el de bailar estupendamente; la quinta, el de cantar con una voz maravillosa; la sexta, el de tocar todos los instrumentos musicales con facilidad.

Cuando la séptima iba a pronunciar su don, llegó un hada malvada a la que no se veía hacía muchísimos años y de la que todos pensaban que había sido hechizada. Estaba muy enfadada porque no había sido invitada y exclamó:

—Éste es mi regalo, ¡ja, ja, ja!: te pincharás en la mano con una aguja y morirás. ¡Ja, ja, ja!

Los reyes, las hadas y todos los invitados comenzaron a llorar desesperadamente mientras el hada malvada abandonaba el palacio.

—¡No lloren! —dijo la séptima hada, que aún no había formulado su deseo y que se había escondido detrás de una cortina para que no la viera el hada malvada—. No morirá. Se pinchará la mano con una aguja y dormirá durante cien años; pasado ese tiempo, un príncipe la encontrará y romperá el encantamiento.

El rey mandó quemar todas las agujas del reino, para evitar que la princesita se pinchara con una de ellas.

Pasó el tiempo, y un día, cuando la princesa tenía dieciséis años, aprovechando que los reyes no estaban en palacio se dedicó a explorar todas las torres, pues era muy curiosa.

En una de las torres estaba una anciana que hilaba con una aguja. La princesita, al ver objeto tan extraño, preguntó:

—¿Qué es eso?

—Es una aguja y sirve, como ves, para hilar. ¿Quieres probar? —le preguntó la anciana.

—¡Oh, sí, qué ilusión! —contestó la princesa—. ¡Ay, me he pinchado!

Éstas fueron sus últimas palabras, porque quedó dormida al instante.

Cuando llegaron los reyes, hicieron llamar a las hadas que, por supuesto, nada pudieron hacer por la princesa. Una de ellas dijo:

—Cuando la princesita despierte dentro de cien años, estará muy sola y no conocerá a nadie. Así que hagamos dormir a todos los habitantes del reino también. ¡Dicho y hecho!

Pasaron cien años y un príncipe de un reino vecino, que había ido de caza, se perdió y fue a parar a un frondoso bosque que rodeaba el palacio.

Era guapo y algo curioso, así que se introdujo dentro de él. Vio a lo lejos un precioso palacio. Avanzó y, cuando llegó, observó extrañado que todo estaba en silencio. Los guardias estaban dormidos, así como los caballos, las damas, los caballeros, los reyes y sus pajes. Entró en una habitación en la que una bella princesita dormía sobre una cama. ¡Era tan linda que no pudo evitar besarla! Y, en ese preciso instante, se rompió el encantamiento, ella despertó y, con ella, todos los habitantes del reino.

El príncipe, que se había enamorado locamente de la princesa, le pidió que se casara con él y ella aceptó.

Y fueron felices...
y comieron perdices,
y a mí me dieron con
el plato en las narices.

# El traje nuevo del emperador

En un país muy lejano, vivía un emperador que era muy presumido. No le interesaba nada lo que sucedía en su reino. Cuando tenía que asistir a una reunión oficial, siempre se dormía.

Sin embargo, cuando las mujeres hablaban de sombreros zapatos, él se divertía muchísimo.

Para desgracia del monarca, esta afición llegó a oídos de unos pillos del reino vecino. Sin perder un instante, decidieron acercarse a su corte a ofrecerle sus servicios como tejedores.

El rey los recibió con gran alegría. Les acomodó en una de las mejores habitaciones de palacio y ordenó que les dieran a cada uno una bolsa llena de monedas de oro.

A la mañana siguiente, el rey quiso que los falsos tejedores le enseñaran la tela con la que harían el extraordinario traje que le habían prometido.

—Nos alegramos, majestad, de que venga solo —le dijeron misteriosamente los tejedores—, porque lo maravilloso del traje que le vamos a hacer es que la tela es invisible para todos aquellos que sean bobos o que no merezcan su cargo. Sin embargo, los que sean inteligentes y honrados podrán apreciar sus preciosos colores y maravillosos bordados.

—¡Eso es realmente estupendo! ¡Así podré saber qué súbditos merecen su cargo y quiénes no! ¡Ja, ja! —exclamó el rey—. Pónganse rápidamente a trabajar, quiero estrenar mi traje dentro de dos semanas en el desfile anual.

Cuando el emperador se fue, los tejedores comenzaron a reír sin parar, diciendo:

—¡Es más bobo de lo que yo pensaba! ¡Se lo ha creído todo!

—¡Qué fácil ha sido engañarlo! ¡Veremos qué cara pone cuando le mostremos la falsa tela!

Desde que amanecía, los tejedores se levantaban y se ponían a trabajar hasta el anochecer. El rey se acercó una tarde y casi se desmaya al comprobar que él no veía la tela.

«Oh, santo cielo», se dijo, «¿seré un inepto porque yo no veo el tejido? ¡Qué horror! Disimularé para que nadie se dé cuenta y decidan que no soy un buen monarca.

A partir de ese momento, el emperador ordenó a su secretario que fuese a hablar con los tejedores y viera cómo iba el trabajo».

Cuando el secretario se acercó donde estaban los tejedores, él no vio tela alguna y asustado se dijo:

«¡Qué horror! ¡No veo la tela! Yo me considero un hombre inteligente y honrado, pero quizás no merezco el puestazo que tengo. Así que me callaré para que nadie lo note».

Los tejedores, que lo habían estado observando desde que llegó, le preguntaron pícaramente:

—¿Qué le parece la tela? ¿Cree que será del gusto del emperador?

—¡Me encanta! ¡Me encanta! Su majestad estará dichoso de lucir una tela con esos bordados tan maravillosos —dijo el secretario.

El día anterior al desfile, el emperador fingió que se probaba el traje y se deshizo en halagos como: «¡Qué bordados, qué colorido; qué bien me sienta!». No quería que nadie notara que él no veía nada.

Los tejedores pidieron perdón por no poder quedarse al desfile, al tener que hacer otro traje urgentemente en otro reino. El monarca les dio cuatro bolsas de oro más y los despidió.

A la mañana siguiente, todos los súbditos se encontraban en las calles para presenciar el desfile deseosos de ver el maravilloso traje del emperador; pero, al verlo, todos enmudecieron. De pronto, un niño comenzó a preguntar a gritos:

—¿Por qué el emperador va sin vestir? ¿Por qué el emperador va en calzoncillos?

Comenzaron las risas y el emperador se marchó avergonzado, dándose cuenta de que había sido víctima de un gran engaño.

Y colorín colorado,
este cuento se ha acabado.
Y zapatito roto,
usted me cuente otro.

# El rey Midas

Érase una vez un rey a quien le gustaban tanto el oro y las riquezas, que no pensaba en otra cosa.

Se pasaba el día contando dinero e ideando cómo conseguir más y más.

Era tal su obsesión, que se acostaba tarde porque le daba pena dejar solas a sus monedas y para colmo, cuando por fin decidía irse a la cama, se dormía y soñaba con grandes tesoros escondidos, o que vivía en un palacio hecho todo de oro o, como aquella noche, que un duende le concedía el deseo de convertir todo aquello que él tocase en oro.

¡Ése sí que había sido el mejor sueño que había tenido jamás! ¡Qué pena le había dado despertarse!

Estaba en estos pensamientos cuando de pronto apareció ante él un duendecito verde, igual que el de su sueño. El rey que, por cierto, aún no os había dicho que se llamaba Midas, al verlo se puso nervioso y dijo:

—¡Oh, creo que hoy no he descansado lo suficiente! Empiezo a ver visiones. Tendré que llamar al médico. Tengo espejismos...

—¿Espe... qué? ¿Espejismos? ¿Qué me has llamado? —dijo el duendecito muy extrañado.

—¡Ay, santo cielo! ¡Que ahora mi espejismo habla y todo...! ¡Creo que me va a dar algo...! —añadió el rey muy asustado.

—¡Pues mira, sí! ¡Vengo a darte algo! ¡En eso sí que has acertado! ¡Pero por favor, no me llames esa palabra tan extraña! Soy Baco —rogó el duendecito.

—¿Quieres decir que no estoy soñando? ¿Que no estoy tampoco enfermo? ¿Que tú eres real? —preguntó aliviado el monarca.

—¡Vaya, por fin lo notaste! He venido a concederte un deseo, así que elige pronto, que tengo que visitar a unos cuantos reyes todavía por ahí, ¡ja,ja,ja! —exclamó el chistoso hombrecito verde.

—Pues yo siempre he deseado —dijo el rey muy solemne— que todo aquello que tocase se convirtiera en oro.

—¿Ése es tu deseo? No me parece un deseo muy inteligente. Pero allá tú. Los deseos, deseos son y éste te le concedo yo. ¡Adiós, goodbye, adeus, addio, au revoir!... —se despidió el duende en todos los idiomas.

Cuando el rey se quedó solo, comenzó a tocar todas las cosas que tenía a su alrededor: el sillón, una figura, la cortina, un cuadro, la puerta...

—¡Qué maravilloso! —exclamó—. ¡Todo lo que toco se convierte en oro!

¡Oh, qué gran suerte he tenido! ¡El deseo más grande de toda mi vida! ¡No lo puedo creer!

Y mientras decía estas cosas, tocaba y tocaba todos los objetos que lo rodeaban. El palacio se estaba convirtiendo en un palacio casi todo de oro. ¡Qué feliz se sentía el rey Midas!

Pero llegó la hora de comer. El rey se acercó a la mesa y se convirtió en oro. ¡Eso no estaba nada mal! Tomó la servilleta y se convirtió en oro. ¡Eso ya era un poco incómodo de usar! Tomó un pedazo de pan, una manzana, un muslo de pavo… ¡y todo, según sus deseos, se convirtió en oro! ¡Eso ya no estaba tan bien!

El rey tenía hambre, tenía mucho oro, era muy rico, pero no podía comer ni un trozo de pan…

¡Vaya, parece que aquel deseo no era tan maravilloso como él pensaba!

El rey decidió salir al jardín, fue a oler una flor... ¡y se convirtió en oro! Y ¡claro! las flores de oro no huelen. Su perro se le acercó buscando una caricia y... ¡también se convirtió en oro! El monarca al ver a su amigo convertido en oro, se puso a llorar. ¿De qué le servía una estatua de oro a su lado? Él quería oírle ladrar, jugar con él...

La princesa, su hija, que paseaba por el jardín, al escuchar su llanto se le acercó y le dio un gran abrazo y... ¡también se convirtió en oro!

El rey Midas se dio cuenta de su error. ¡Había aprendido aquella dura lección!

—¡Qué equivocado he estado! ¡Por favor, duende, vuelve de nuevo! ¡Te daré todas mis riquezas, pero por favor, que todo vuelva a ser como antes!

El duende se apiadó de él y las cosas volvieron a ser como antes, miento, el rey Midas ya no volvió a ser como antes. Fue distinto. No daba importancia al dinero, sino a las personas, a los animales, a la naturaleza. Era agradable y ayudaba a todos.

# Y su vida cambió y desde aquel día se divirtió un montón.

# El hacha del leñador

En una humilde casita del bosque, vivía un leñador con su esposa y sus tres hijos.

Al amanecer, cada mañana, el leñador tomaba su vieja hacha y se adentraba en el bosque a cortar leña y no regresaba a casa hasta bien entrada la noche.

Aquella mañana, mientras cortaba leña junto al río se le cayó el hacha dentro del agua.

El leñador, angustiado, comenzó a llorar mientras se lamentaba:

—¡Qué desgraciado soy! ¡Qué va a ser ahora de mis hijos! ¡Qué mala suerte tengo! ¡Sin hacha no podré trabajar!

De pronto, apareció una ninfa entre las aguas y le preguntó qué le sucedía.

El leñador intentó tranquilizarse y, como pudo, le contó a la ninfa su desgracia. Ésta le dijo que no se preocupara, que ella lo ayudaría, y diciendo esto se sumergió entre las aguas.

Al cabo de un rato, subió a la superficie, le mostró al leñador un hacha de oro y le preguntó:

—¿Es ésta tu hacha?

A lo que el leñador, muy desilusionado, contestó:

—No, ésa no es mi hacha.

—No te preocupes —añadió la ninfa—, volveré al fondo del río y te la traeré.

Enseguida volvió a aparecer con un hacha de plata en la mano y volvió a hacerle la misma pregunta:

—¿Es ésta tu hacha?

—¡No! ¡Ésa tampoco es mi hacha! —contestó muy deprimido el leñador— La mía es de acero. Está vieja y muy desgastada, pero con ella salgo cada mañana a cortar leña para mantener a mi familia.

—No te desesperes —lo tranquilizó la ninfa—, la buscaré hasta encontrarla.

La ninfa se sumergió por tercera vez en el río y volvió a aparecer al instante, llevando en su mano la vieja hacha.

El leñador al verla dio saltos de alegría y gritaba:

—¡Ésa sí que es mi hacha, bella ninfa! ¿Cómo podré pagarte tu ayuda? ¡Sin ti nunca la habría recuperado!

La ninfa, que no salía de su asombro al comprobar la honradez del leñador, le dijo:

—¡Toma tu hacha, pero toma también estas dos: la de oro y la de plata, que te las regalo porque aun pasando necesidades has sido capaz de decir la verdad!

El leñador, muy agradecido y feliz, metió las tres hachas en su viejo saco y se dirigió a su humilde casa, alegrándose de su buena suerte.

De camino se encontró con su vecino, que era también leñador, pero muy vago y avaricioso, y le contó lo que le había sucedido.

Éste corrió por su hacha y se dirigió al río.

Allí la tiró al agua y comenzó a llorar.

La ninfa salió y el leñador avaricioso le dijo que se le había caído su hacha dentro del río. Entonces, la ninfa se sumergió dentro de las aguas y apareció con el hacha de oro y le preguntó si ésa era su hacha.

Él, al verla, aseguró que era la suya y, cuando estaba a punto de tomarla, la ninfa le dijo:

—Debes de estar equivocado. Ésta es la mía. Si quieres recuperar la tuya, baja al fondo y búscala.

Y diciendo esto, se volvió a introducir entre las aguas y no volvió a salir.

Y entonces cataplán, cataplón, y cataplín, cataplín, hemos llegado a su fin.

# La princesa y el guisante

**E**n un lejano país, vivía un príncipe que quería casarse con una princesa, pero no una princesa cualquiera. Tenía que ser una auténtica princesa, que mereciera llevar ese título por sus grandes cualidades.

Viajó por todo mundo y conoció princesas muy bellas, inteligentes, bondadosas... Pero ninguna de ellas era la delicada princesa que él buscaba.

Muy apenado, regresó a palacio convencido de que jamás la encontraría.

Una tarde comenzó a ponerse el cielo muy oscuro y se llenó de relámpagos y truenos que sonaban fuertemente. ¡Era la tormenta más terrible que jamás había sucedido en aquel reino!

El agua de la lluvia corría por las calles como si de ríos se tratase. ¡Aquello parecía un diluvio! Parecía como si el palacio estuviese flotando en un inmenso estanque.

De pronto, se escuchó un grito y a alguien golpear la puerta principal.

¿Quién se atrevería a hacer una visita con la que estaba cayendo? El rey mandó que abrieran la puerta rápidamente y que trajeran ante él a la persona que llamaba a su puerta.

—¡Gracias, majestades, por acogerme! —dijo una joven con dulce voz—. Soy la princesa del reino vecino. Salí a dar un paseo, cuando comenzó la tormenta. Mi caballo se asustó y echó a correr, y yo me encontré en medio de este aguacero sin saber adónde ir. Vi a lo lejos vuestro palacio y decidí acercarme a pedir ayuda.

¡Cualquiera diría que aquélla era una princesa! ¡Estaba hecha una sopa! Mientras hablaba con los reyes en el salón del trono, se formó un gran charco de agua a su alrededor. Con cada paso que daba, salía un chorro de agua de sus zapatos.

—Creo —dijo la reina— que será mejor que os deis un buen baño caliente si no queréis enfermarte. Una de mis damas os llevará a vuestros aposentos y os dará ropa seca para cambiaros. Y cuando estéis lista, podéis bajar al comedor a cenar con nosotros. Seréis nuestra invitada de honor.

La princesa hizo una reverencia y salió del salón junto a la dama. Cuando se hubo alejado, el rey le preguntó a la reina:

—¿Creéis en verdad que se trata de una princesa?

—Yo misma, debajo de este diluvio que está cayendo, no os parecería a vos una reina. Dejáos guiar por mi intuición. Algo me dice que quizás sea ésta la princesa que está buscando nuestro hijo —comentó sonriendo la reina.

El príncipe había escuchado las palabras de su madre con cierta curiosidad.

No quería hacerse ilusiones, pero sin embargo había algo en la voz dulce y melodiosa de aquella princesa que la hacía encantadora a pesar de su aspecto totalmente desaliñado.

Cuando la princesa bajó a cenar, estaba radiante. Era realmente una princesa hermosísima y distinguida.

Después de la cena, mientras la princesa conversaba con el rey y el príncipe, la reina salió un instante y mandó traer veinte colchones que colocaron sobre la cama donde iba a dormir la joven.

Cuando los sirvientes salieron de la habitación, la reina puso un guisante debajo de los veinte colchones.

Al rato, cada uno se retiró a sus habitaciones a dormir.

A la mañana siguiente, cuando la princesa bajó al comedor tenía cara de sueño y, al verla, la reina le preguntó:
—¿Habéis descansado bien?
—Siento deciros que a pesar de la exquisita cena, la conversación agradable y la cama con veinte colchones, no he pegado ojo en toda la noche. Algo redondo y duro se clavaba en mi espalda sin dejarme dormir —contestó la princesa.
—¡Solamente una auténtica princesa como vos sería capaz de darse cuenta de la existencia de un guisante debajo de veinte colchones! —exclamó la reina muy satisfecha.
Al mes, el príncipe y la princesa se casaron...

Y fueron felices
y comieron perdices.
Y a mí no me dieron
porque no quisieron.